Texte : Danielle Vaillancourt
Illustrations : Marie-Claude Favreau

Trop... bavarde !

À PAS DE LOUP

Niveau

1

J'apprends à lire

Dominique et compagnie

À pas de loup avec liens Internet

www.dominiqueetcompagnie.com/pedagogie

ouvre la porte à une foule d'activités pour les enfants, les parents et les enseignants. Un véritable complément à l'apprentissage de la lecture !

**Catalogage avant publication
de Bibliothèque et Archives Canada**

Vaillancourt, Danielle
Trop… bavarde !
(À pas de loup. Niveau 1, J'apprends à lire)
Pour enfants.

ISBN 978-2-89512-555-6

I. Favreau, Marie-Claude. II. Titre. III. Collection.
PS8593.A525T769 2007 jC843'.6 C2006-941016-X
PS9593.A525T769 2007

Directrice de collection : Lucie Papineau
Direction artistique et graphisme :
Primeau & Barey
Dépôt légal : 1er trimestre 2007
Bibliothèque et Archives nationales
du Québec
Bibliothèque nationale du Canada

Dominique et compagnie
300, rue Arran, Saint-Lambert
(Québec) Canada J4R 1K5
Téléphone : 514 875-0327
Télécopieur : 450 672-5448
Courriel : dominiqueetcie@editionsheritage.com
www.dominiqueetcompagnie.com

Imprimé au Canada

10 9 8 7 6 5 4 3 2 1

Nous remercions le Conseil des Arts du Canada de l'aide accordée à notre programme de publication.

Nous reconnaissons l'aide financière du gouvernement du Canada par l'entremise du Programme d'aide au développement de l'industrie de l'édition (PADIÉ) pour nos activités d'édition.

Nous reconnaissons l'aide financière du gouvernement du Québec par l'entremise du Programme de crédit d'impôt pour l'édition de livres – SODEC – et du Programme d'aide aux entreprises du livre et de l'édition spécialisée.

À Gabrielle Vézina,
avec qui j'adore bavarder.

Danielle Vaillancourt

Un matin, Max trouve un bout de papier
sur le trottoir.

C'est un billet de loterie ! Comme Max adore
Néva, il lui donne le billet et...

Bla bla bla ! Néva se met à raconter ce qu'elle fera avec ses millions de dollars.

Elle dit à Max et Boulette qu'elle veut
leur acheter des os en or.

7

Au petit-déjeuner, Néva n'arrête
pas de parler.

La bouche pleine, elle promet un château
en diamants à ses parents.

Néva est si excitée qu'elle danse et
crie de joie dans le salon.

Elle parle tellement que les plantes grimpantes
essaient de sortir de leur pot.

Jean-Guy, le poisson rouge, tente
de quitter son bocal.

Le papier peint se décolle des murs.

Max et Boulette n'en peuvent plus.

Ils préfèrent aller dormir au grenier.

Sur le chemin de l'école, Néva continue à
parler... dans le vide.

Dans la cour d'école, Néva parle tellement
que Mathieu et Marlène s'emmêlent dans leur
corde à sauter.

Dans la classe, Néva parle tellement que la maîtresse se met à écrire à l'envers.

Au cours de natation, Néva avale presque
toute l'eau de la piscine.

À la maison, Néva parle autant qu'un poste de radio. Impossible d'éteindre Radio-Néva !

Les yeux au ciel, Boulette soupire.
Mais Néva ne la regarde pas.

Max hurle : « Houuuuuuu ! »
Mais sa maîtresse ne l'écoute pas.

Néva veut acheter une ville pleine de ballons
pour tous les grands-parents du monde.

Néva veut acheter un pays où on entend
de la musique du matin au soir.

Néva veut acheter une planète remplie
de bonbons et de jouets.

Max hurle encore plus fort : « Houuuuuuu ! »
Néva l'entend enfin, le regarde et...

Max tire le billet de la poche de Néva
pendant que Boulette apporte le journal.

Néva regarde le billet,
regarde le journal et...

Elle devient silencieuse comme un pot de fleurs.
Elle a compris : son billet n'est pas gagnant.

Néva n'a pas gagné de millions, mais elle a quelque chose de bien plus précieux.

Elle a un cœur d'or. C'est pour ça
que ses amis l'aiment...

... surtout quand elle les écoute !